# Offener Brief an Maximilian Harden

Rainer Maria Rilke

copyright © 2023 Culturea éditions
Herausgeber: Culturea (34, Hérault)
Druck: BOD - In de Tarpen 42, Norderstedt (Deutschland)
Website: http://culturea.fr
Kontakt: infos@culturea.fr
ISBN:9791041933877
Veröffentlichungsdatum: April 2023
Layout und Design: https://reedsy.com/
Dieses Buch wurde mit der Schriftart Bauer Bodoni gesetzt.
Alle Rechte für alle Länder vorbehalten.
ER WIRT MIR GEBEN

Sehr geehrter Herr Harden,

ich stehe unter dem Eindruck eines Ereignisses, mit dem ich allein so schlecht fertig werden kann, daß ich mich entschlossen habe, an Sie zu schreiben. Mein Brief soll nicht mehr als eine Ergänzung sein zu einer Reihe von Zeitungsberichten, die Sie gleichzeitig empfangen werden. Diese Berichte enthalten die schlecht erzählte Geschichte einer Gerichtsverhandlung, leicht und nachlässig im Ton, fast überlegen, durch kolportageromanhafte Überschriften in kleine pikante Bissen zerschnitten; und man würde sich gar nicht die Mühe nehmen, diese stoßweise vorgebrachten Zeugenaussagen, Einwürfe und Widerrufe durchzulesen, wenn nicht am Ende ein Todesurteil stünde: still, unwiderleglich und streng. Da wird man aufmerksam und versucht, vorsichtig die Wege zurückzugehen von diesem unheimlichen Rande der Gesellschaft und des Staates. Und wenn man wieder am Anfang angekommen ist, bei den zitternden Händen eines jugendlichen Menschen, da kann man doch nicht begreifen, wie das Netz kleiner winkliger Wege dorthinaus führen konnte zu jenem letzten Platz, auf dem das letzte Recht sich vollzieht an den wirklich Ungerechten.

Der Zeitungsausträger Joseph Ott ist des Mordes beschuldigt an seinem am vierundzwanzigsten April 1895 geborenen Sohn Joseph. Seine Frau Karoline, geborene Maß, ist, laut Eventualfrage, der Vorschubleistung bei diesem Morde schuldig. Joseph Ott ist zum Tod durch den Strang, Karoline Ott zu zwölf Jahren schweren Kerkers, verschärft durch einen Tag Dunkelhaft am vierten Mai jedes Jahres, verurteilt. Die Beweise ruhen auf einer Reihe von Zeugenaussagen. Die meisten dieser Zeugen sind Frauen, Nachbarinnen der Familie Ott. Sie wissen erstaunlich viel, haben ungewöhnlich viel durch die Wände gehört und reden wie Leute, denen die Worte billig sind. Ebenso geschwätzig benimmt sich der alte Lokomotivführer Kub, Otts Vormund, der sich als Warner aufspielt, dessen einstige Prophezeiung sich nun an dem verkommenen Mündel grausam erfüllt. Der redliche Alte verdiente den Beifall des Publikums. Belastend wirkte auch die Mutter Otts, die zwar nicht aussagte (›Ich kann nicht‹, meinte sie, abermals zur Freude des Publikums), aber von der man wußte, daß sie das Haus des Sohnes nicht mehr betrat, weil sie das grausame Benehmen der beiden Eltern gegen den kleinen Joseph nicht mit ansehen konnte. Man wußte das im Hause, man ist überzeugt, daß der letzte Vorfall, der den Vater vor Gericht gezogen hat, nur das letzte Glied in einer ganzen Kette von Verbrechen ist, die den Tod des Kindes zum Ziel hatten. Dieser letzte Vorfall ist aber nicht etwa die Ermordung des Knaben Joseph durch Ott, sondern der Umstand, daß er sein totes Kind zerschnitten und im Kochherd Stück für Stück verbrannt hat. Dies gesteht der Angeklagte ein; und er bedauert wiederholt, sich durch diese Tat des einzigen Zeugen beraubt zu haben, der, weniger geschwätzig als die eifrigen Nachbarinnen, mit seinem toten, stummen Mund ihn vielleicht entlastet hätte. Und wie begründet er seine Tat?

Hier muß gesagt werden, welche Stellung Joseph Ott in dem kleinen Haushalt einnimmt. Er ist immer zu Hause, er kocht, er sorgt für die Kinder (es sind noch drei Mädchen außer dem kleinen Pepi, dem Zweitgeborenen, vorhanden), und es scheint, daß er dies alles nach besten Kräften tut. Groß sind seine Kräfte nicht. Er ist kränklich, von leichten epileptischen Anfällen heimgesucht, momentan ohne Stellung. Er ist nicht ohne eine gewisse Bildung; ärztliche und juridische Bücher hat er sich verschafft und verdankt ihnen allerhand zufällige Fragmente eines oberflächlichen Wissens, das er gelegentlich auch anwendet. Die Frau hat mit diesem Haushalt wenig zu tun. Sie beginnt früh mit dem Zeitungsaustragen, findet vormittags wohl noch einen anderen Verdienst und kommt nur vor dem Erscheinen der Abendblätter manchmal einen Augenblick nach Hause, stumpf, müde, ohne Teilnahme an den Kindern und an dem Mann, für die sie arbeitet und denen sie ja eben dadurch, besser als durch Zärtlichkeiten, ihre Zugehörigkeit und ihr

Herz beweist. Hat sie endlich auch die Abendwege hinter sich, so wirft sie sich aufs Bett und schläft lange vor den anderen ein, die ihre Schlafstelle immer schon leer finden, wenn sie morgens aufstehen.

Ähnlich fremd in dieser kleinen Gemeinschaft war auch der kleine Pepi. Er war erst kürzlich von den Eltern zurückgeholt worden und hatte seine ersten Jahre (er kam zur Welt, noch ehe Joseph Ott und Karoline Maß gesetzlich verheiratet waren) bei guten fremden Leuten verbracht, die eine andere Sprache sprachen und in etwas anderen Verhältnissen lebten. Mit seinem Böhmisch wird ihm das Spielen mit den Kindern recht schwer, und auch sein Verhältnis zum Vater (die Mutter sah er wohl selten) wird unter dem schwierigen Verstehen gelitten haben. Diese Übersiedelung allein, die ungewohnte und fremde Umgebung, kann Ursache genug sein, daß das Aussehen des Kindes sich verschlechterte, und man muß auch für seine Vernachlässigung keinen anderen Grund suchen als den, daß er aus den geübten Händen seiner Ziehmutter in die ungeschickten Hände eines Mannes kam, in Hände, die ihn vielleicht manchmal straften oder ungeduldig anfaßten, wenn dem nervösen Mann die kleinliche Beschäftigung zum Überdruß wurde. Der beste Vater, dem kleine Kinder mit allen ihren Bedürfnissen und Notdürften zu Last liegen, würde solche Augenblicke der Ungeduld kennenlernen. Zu allen täglichen Anforderungen kommt, daß sich bei dem kleinen Pepi eines Tages ein Abszeß zeigt. Der Vater, der ja einige medizinische Kenntnisse hat, entschließt sich, selbst einzugreifen.

Er öffnet den Abszeß und wäscht die Wunde mit Karbolwasser. Er legt auch nach bestem Vermögen einen Verband an, der sich freilich später verschoben haben muß, denn auf dem Bett des Knaben fand man Blutflecke. Am nächsten Morgen ist der Knabe tot.

Der Vater ist von wahnsinnigem Schrecken erfaßt. Unerwartet wälzt sich eine bergeschwere Verantwortung auf ihn, sein Eingriff, dem er kaum irgendwelche

Wichtigkeit zugeschrieben hat, erweist sich vor den Sachverständigen, die nun die Leiche besichtigen werden, als Ursache des Todes, und auf ihn selbst fällt die ganze Wucht einer unabsehbaren Anklage. Im Zustande der heftigen Erregung wird ihm nur das eine klar, daß niemand das tote Kind sehen und untersuchen darf, daß es, da es nun mal gestorben ist, so rasch wie möglich zu den Toten muß, sich auflösen muß, zerfallen muß. Dieser Gedanke hat ihn vielleicht abgehalten, den Leichnam in die Donau zu werfen, in der man ihn finden und erkennen kann; ein einziger Weg war ihm frei geblieben. Ein Element, das rascher als die Erde und besser als das Wasser kauen kann, mußte diesen kleinen blutigen Körper verzehren: das Feuer. Und ihm war kein anderes Feuer zu willen außer der kleinen Flamme seines täglichen Herdes. So stand ihm die grausame Aufgabe bevor, diesem engen Mund die Bissen zuzuschneiden, sein Kind zu zerkleinern und Stück für Stück zu verbrennen. Und die Flamme, die ihm diesen Dienst tat, konnte doch nicht befreit werden von der Pflicht, das tägliche armselige Mahl den Lebenden zu wärmen. Sie mußte wie ein gewöhnliches Feuer gebraucht werden, sollte sie den aufmerksamen Nachbarn nicht auffallen, die ohnehin schon nach dem Kinde fragen. Der Frau und den anderen sagt Joseph Ott, er habe den Pepi ins Spital gebracht. Er hätte ihnen wohl einige Tage später erzählt, daß der Kleine im Spital verstorben sei ... Dazu kam es nicht; er wurde verhaftet.

Nach dieser Darstellung, die sich bemüht, sich an wenige einfache Tatsachen eng anzuschließen, hätte also Joseph Ott durch seine Operation, die er an seinem Kinde vorgenommen hat, dessen Tod verursacht. Seine Verwirrung war begreiflich, seine Tat deren unmittelbare Folge. Hier ist keine Lücke erkennbar. Die Geschichte ist voll von Beispielen dafür, in welchen Zustand von Verstörtheit und zu welchen wahnsinnigen Handlungen nicht nur Kurpfuscher, sondern sogar Ärzte durch die unerwartet Folge eines operativen Eingriffs getrieben werden, und gerade die Wiener Gerichte hätten Gelegenheit gehabt, an einem eben erst verhandelten Fall hierher Passendes zu lernen. So liegen die Dinge, falls wir der Aussage Otts, daß sein Sohn eines natürlichen Todes gestorben sei, glauben wollen. Außer dem Vater könnte nur das Messer, mit dem die Operation vollzogen wurde, etwas über diesen Punkt aussagen. Man hat aber versäumt, dieses Instrument vorzulegen; dagegen war ein imitierter Kinderschädel und ein Modell des betreffenden Kochherdes aus Otts Wohnung zum angenehmen Gruseln des Publikums aufgestellt.

Aber selbst für den Fall, daß Ott sein Kind getötet hat, liegen Umstände vor, die ihn zum Teil entlasten, wenn man versucht, sich seine Verfassung vorzustellen in der Nacht, wo der Zustand des Kindes sich infolge der Operation verschlimmert. Ob es da nicht nah lag, einen zweiten Eingriff zu versuchen, mit erregten, bebenden Händen tiefer zu schneiden, als vorher, sinnlos tief? Wer will das entscheiden?

Wer will ferner in so ungewöhnlichen Verhältnissen nicht die nervöse, kränkliche Natur dieses Mannes besonders in Rechnung ziehen? Mir ist in den letzten Nächten eine ungewisse Erinnerung gekommen an Ereignisse aus der Kindheit, die ich nur in unsicheren Umrissen aussprechen kann, aber doch so, daß die Sensation, um die es sich handelt, fühlbar wird. Bei nervösen Kindern kommt es vor, daß sie im Gefühl starken Mitleidens einen kranken Vogel oder eine wunde Katze in die Hand nehmen und in ihrer Hilflosigkeit eingreifen in den kranken Organismus, so gut sie's wissen. Die Wirkung kann eine unerwartete sein. In manchen Fällen eine der guten Absicht entgegengesetzte. Etwas Häßliches passiert, vielleicht treten die Gedärme des Tieres aus, – und das phantastisch hilfreiche Gefühl des Kindes stößt unvermutet an Wirklichkeit, an eine nie gesehene, Ekel und Abscheu erregende Wirklichkeit. Es kommt dann wohl vor, daß die Kinder das Tier fortwerfen und bebend vor Entsetzen fortlaufen zu irgendeinem Ahnungslosen, der das nicht gesehen hat, was sie gesehen haben. Es giebt aber auch Kinder, die das zerrissene Tier in Wut, Enttäuschung, Haß und Abscheu (nicht aus Leid über das Leiden des Tieres!) gegen die Wand schlagen, bis es tot ist. Ich will keinen Kommentar zu dieser Erinnerung geben, die sich eingestellt hat, mit großer Deutlichkeit für mein Gefühl, aber nicht nah an den Worten, mit denen ich sie mitzuteilen versuche.

Gegen Ott steht noch die schwache Stimme der kleinen Poldi, seines Töchterchens. Sie war bei der Operation zugegen und kann natürlich nicht vergessen, wie schrecklich das war, als der Vater dem ›kleinen Pepi ein Stück Fleisch herausschnitt‹. Sie sieht den Vater seitdem ganz im Lichte dieser Menschenfressergebärde. Und die Nachbarinnen helfen ihr in dieser Auffassung. Ebenso zweifelhaft im Wert sind die Aussagen von Leuten, die mit Ott die Untersuchungshaft teilten. Die Reden, die er im Augenblick nach seiner Verhaftung geführt hat, tragen selbstverständlich den Charakter großer Erregtheit, die sich gemäß seiner angelesenen Bildung in Prahlereien äußert, in denen er sich als wissend, den Gerichten und Gesetzen überlegen, hinzustellen versucht.

Der Gang der Handlung macht nach den mir vorliegenden Berichten einen zerfahrenen Eindruck.

Es geschieht viel für die Heiterkeit des Publikums, und der Präsident sucht dem Verhör diesen gemütlichen Charakter zu erhalten durch Bemerkungen wie die folgende: ›...Gerade für Nervenleidende ist das Zerstückeln von Leichen gar keine passende Beschäftigung‹

Wie gesagt, man merkt nicht, daß es auf ein Todesurteil zu geht. Erst das Plädoyer des Staatsanwaltes brüstet sich mit einem rasch angenommenen Ernst, mit einer Hoheit und Strenge, die zu dem Verlauf des Verhörs in eigentümlichem Widerspruch steht. Diese Rede ist einfach aufgesetzt und könnte gut auch am Ende eines ganz andern Prozesses stehen. Sie würde auf die Geschworenen jedesmal wirken. Sie hat diesmal auch auf die Verteidigung gewirkt. Sie hat Leichtigkeit und Schwung. Sie ist nicht tief, aber elegant. Sie ist ganz: Wien. Sie versäumt nicht, Ägypten und ›das graueste Altertum‹ zu erwähnen, sie enthält alle erprobten Phrasen der letzten zwanzig Jahre von der ›Majestät des Todes‹ bis zur ›Tragik in der Vergeltung‹. Sie zitiert Gottvaters Worte gegen Kain in der geschmackvollen Variation ›Wo habt Ihr Euer Kind?‹ und schreit ihm die rhetorische Frage zu: ›Du nervöser Mann! Haben Deine Hände nicht gezittert, als Du Dein Kind Stück für Stück zerfleischtest …‹ Woher weiß der Herr Staatsanwalt, daß Joseph Ott nicht mit bebenden Händen das Furchtbare vollbracht hat?

Aber der Herr Staatsanwalt bemüht sich gar nicht, Näheres von diesem besonderen Fall zu wissen. Er hat gerade jetzt eine Reihe von Verbrechen zusammenfassen gelernt unter einem gemeinsamen Namen, der dem Kolportageromanstil trefflich angepaßt ist: ›Wie man Kinder mordet‹. Der Herr Staatsanwalt befindet sich in der glücklichsten Stimmung über diese geniale Zusammenfassung, die den Verlauf vieler Prozesse vereinfachen wird. Er preist in geschickter und glänzender Weise seine Erfindung. Er prägt Schlagwörter wie die ›Herbeiführung des Zufalles‹ und läßt in bescheidener Weise seine Erfahrung und Überlegenheit durchblicken; er fühlt sich als besondern fortgeschrittenen Vertreter einer Gerechtigkeit, die er gar nicht zu Wort kommen läßt.

Er bemerkt nicht einmal, daß es sich nicht darum handelt, Kategorien von Verbrechen zu schaffen, Zusammenfassungen und Einordnungen. Daß, im Gegenteil, das unvermeidliche Vorhandensein solcher Kategorien eine Gefahr ist, weil jedes Verbrechen wie jedes Kunstwerk ein Einzelfall ist, mit eigenen Wurzeln, eigenem Wachstum, mit einem eigenen Himmel über sich, der regnet und scheint über den fremdartigen Keinem unbegreiflicher Taten.

Er faßt zusammen und ist zufrieden. Man hat das Gefühl: er hat Schlaf und Appetit. Er bescheidet sich auch gar nicht damit, der wichtigste Bestandteil jener tadellos funktionierenden Maschine zu sein, als die eine geordnete Gerechtsame erscheinen soll. Bewahre: er lebt. Er benimmt sich, wie ein älterer Bruder des verstorbenen kleinen Pepi in weniger kultivierten Landstrichen sich benehmen würde; er ruft: ›Aus der Asche des hingemordeten Kindes ist die Rache erstanden!‹ und fühlt sich als Träger und Vertreter dieser Rache, als staatlich besoldeten Rächer. Er schließt seine Rede mit einer Apotheose der Leidenschaft in dem Augenblick, wo den Geschworenen eins not tut vor allem: möglichst leidenschaftslose Beurteilung eines einzelnen Falles, den sie kaum mehr erfassen, da er vor ihren Augen eben alles Konkrete verloren hat, neben anderen Fällen eingereiht unter dem geschmackvollen Titel: Wie man Kinder mordet.

Die Reden der Verteidiger machen nach dieser glänzenden Leistung natürlich keinen Eindruck mehr. Beide stehen unter dem Einfluß des Staatsanwaltes. Der Verteidiger Otts macht schüchtern die Bemerkung, daß ›Rache‹ vernichtet, zerstört, mordet, aber nicht richtet. Sonst redet auch er von der Sache fort; und der Verteidiger für Karoline Ott bediente sich des liebenswürdigen Stiles von ›Unter dem Strich‹, plaudert von der Pyramide des Sesostris und von Charlotte Corday und von der Venus genetrix. Und der Eindruck des Ganzen: daß Kinder ›hängen‹ spielen und zum Schluß wirklich eins in der Schlinge bleibt, schwer, regunglos. Und da merkt man erst, daß Erwachsene gespielt haben, daran, daß sie nicht fortlaufen, sondern sich würdig begrüßen und mit Ernst und gegenseitiger Wertschätzung auseinandergehen.

Der quälende Eindruck, von dem ich mich lange nicht befreien konnte, hat mich veranlaßt, dies aufzuschreiben und es Ihnen, sehr geehrter Herr Harden, vorzulegen. Sie werden beurteilen, ob Sie die Stimme eines Unerfahrenen und Laien brauchen können im Dienst einer Sache, die Sie jedenfalls vertreten wollen. Glauben Sie mir, daß ich von diesem Brief zaghaft und bescheiden denke; trotzdem würde ich ihn gern veröffentlicht sehen. Er kann der Anlaß sein, daß einer von den erfahrenen, sachverständigen Mitarbeitern der ›Zukunft‹ sich mit diesem Fall beschäftigt und Stellung nimmt zu dem Todesurteil in Wien, als Verteidiger oder Ankläger. Ich bin keins von beidem.

In ausgezeichneter Hochachtung
Ihr sehr ergebener

Rainer Maria Rilke